¡ SANTA MUERTE !

Xavier Portebois

Dépôt légal : novembre 2017
Copyright Realities Inc.
ISBN : 979-10-95442-15-8
Crédits image de couverture : Shutterstock/
orangemilk
PSD-Dude

Realities Inc.
2 rue des Promenades
22000 Saint-Brieuc

¡ SANTA MUERTE !

Esteban jeta un regard las de chaque côté de l'allée du cimetière. Des croix, des sculptures d'angelitos, d'autres croix, des pétales de pierre à la peinture écaillée, et encore des croix. Le soleil déclinait déjà et, décidément, rien ne ressemblait plus à un caveau qu'un autre caveau. Avec un soupir résigné, il renonça à dénicher la tombe familiale pour cette fois. Il avisa la stèle la plus proche, y posa son pack de bières fraîches puis s'y laissa tomber lourdement.

Il tira une *Dos Equis* du carton. La capsule résista un instant sous ses doigts, puis sauta du goulot et alla se perdre dans les graviers. Esteban n'esquissa pas un geste dans sa direction, toujours avachi sur la pierre tombale. Il leva sa bière en l'honneur des défunts puis en but une longue gorgée. Il avait oublié d'apporter du pain des morts, n'avait pas su retrouver la dernière demeure de ses parents, mais il était venu. C'était déjà ça.

Depuis combien d'années ne leur avait-il pas rendu visite pour le *Día de muertos* ? Esteban tenta de compter sur ses doigts, mais perdit vite le fil. Pas de quoi culpabiliser, de toute manière. Ce soir, seuls quelques oiseaux tardifs et un orchestre de sauterelles lui tenaient compagnie. Depuis l'*Éxtasis*, les foules préféraient n'importe quelle colonie à cette vieille Terre démodée, et presque personne ne se rappelait ce qu'était vraiment la mort. Qui pouvait donc encore penser à venir ici ?

Son regard se perdit vers le crépuscule. En contrebas du cimetière, les drones automatiques s'affairaient, bourdonnant comme de grosses mouches d'été dans le ciel de México. Des kilomètres et des kilomètres de banlieue à perte de vue, les immeubles presque tous désertés, plongés dans leur silence endormi. Sous l'ambre du soleil rasant, l'ancienne mégalopole prenait des allures d'Eldorado fossilisé.

Esteban se laissa aller sur le dos, affalé sous les anges de pierre d'un parfait inconnu. La tête en arrière, il regarda éclore les étoiles de part et d'autre de l'anneau artificiel qui tournait en orbite.

L'air était doux aujourd'hui, avec une petite brise agréable qui rapportait les premiers chants nocturnes que piaulaient les oiseaux de nuit. Une belle soirée, en fin de compte. Une trop belle soirée pour rester sobre, même. Esteban fouilla le fond du carton de bières, arracha la languette protectrice qui avertissait des méfaits de l'ivresse, et saisit l'une des pastilles désinhibitrices cachées au-dessous. Il la fit descendre de plusieurs gorgées de houblon, asséchant sa première canette.

Il n'avait plus l'habitude de boire sans l'aide de ses inhibants corporels. L'alcool monta aussi vite que le pack se vidait, bouteille après bouteille.

Une idée folle traversa sa tête chavirante. Il se redressa tant bien que mal sur ses deux pieds, s'essuya les mains sur son marcel et son jean délavé, puis leva un regard envieux vers la croix qui le surplombait. La vue était belle d'ici, mais elle devait l'être encore plus quelques mètres plus haut.

Il agrippa avec force la vieille pierre tombale. Ses doigts fouillèrent parmi les replis des draps des saints et les ailes des angelitos. Le grès s'effrita à chacune de ses prises, mais Esteban n'y prêta pas attention, trop occupé à se hisser au sommet. À bout de souffle, il attrapa d'une main la pointe de la croix, tandis que sa botte se calait sur le bras du crucifix.

Quelque chose craqua sous sa semelle. Son pied se déroba. Les étoiles chavirèrent puis s'éteignirent en même temps que le crépuscule.

Les graviers de l'allée lui piquetèrent le dos. Ses yeux se rouvrirent sur un ciel violet dont l'anneau avait disparu, mais constellé de mille étoiles scintillantes, plus qu'il n'en avait jamais vu.

« ¡ *Bienvenido !* Un plaisir de vous voir. Ça fait un bail qu'on n'a pas reçu de visite, par ici. »

Sa nuque craqua quand Esteban se tourna vers la voix qui venait de lui parler. Un squelette se tenait à deux pas de lui. Debout, vêtu d'un t-shirt démodé, les mains glissées avec nonchalance dans les poches d'un jean troué.

Esteban bondit sur ses pieds, brusquement dégrisé. Il recula d'un pas, ferma les yeux et les rouvrit, plusieurs fois de suite. L'apparition ne voulait pas s'en aller.

« Mais qu'est-ce que… bégaya-t-il pour lui-même.

— Bienvenue dans le monde des morts, amigo. »

Esteban se sentit livide. Il avait beau l'avoir lue en diagonale, la languette de sécurité du pack de bières parlait de comportements à risque, de confusion émotionnelle, mais certainement pas d'hallucinations.

« Le monde des… morts ? » répéta-t-il, une syllabe à la fois.

Il tourna sur lui-même et demeura bouche bée. D'abord surpris, puis émerveillé, toute trace de peur balayée par ce qu'il découvrait. Des guirlandes de toutes les couleurs éclairaient les tombes où s'entassaient des monticules de pains des morts, l'air épicé de leurs odeurs sucrées. Derrière le cimetière, les immeubles de México avaient laissé la place à leurs imitations aztèques, étagées d'or et de joyaux, décorées de fleurs démesurées et de banderoles bigarrées. Le vent chaud leur amenait les hourras de la foule, les rondeurs des cuivres et les rires des mariachis tandis que d'innombrables fanfares colorées descendaient chacune des avenues en parades illuminées.

Esteban se passa la main devant les yeux, mais rien n'y fit : le monde autour de lui restait tel qu'il était. Il inspira lentement, la mâchoire un peu trop serrée, essayant de se faire à l'idée qu'il avait bel et bien rejoint le monde des morts.

Une question demeurait cependant : qu'y faisait-il ?

« Tout ça est impossible ! Je buvais juste une bière ou deux, rien de grave ne pouvait m'arriver.

— Apparemment si, rétorqua le squelette. Commotion cérébrale, je suppose.

— Commotion ? Mais comment ? »

Pour toute réponse, l'autre se contenta de hausser les clavicules et de pointer de l'index le caveau derrière Esteban. Celui-ci aperçut la croix qu'il avait escaladée, brisée, un bras arraché sous son poids.

Oh. Comportements à risque, disait l'avertissement sur les pastilles désinhibitrices. Ça, il était sûr de l'avoir lu en toutes lettres. Du coup, ça se tenait : il ne devait plus y avoir que les idiots et les inconscients pour mourir, aujourd'hui.

« Fais pas cette tête, l'ami. Tu vas voir, la mort est belle. »

Le squelette embrassa d'un geste du cubitus les collines à leurs pieds.

« C'est tout le temps la fête ici. On ne travaille jamais, on ne manque jamais de rien…

— Pareil dans le monde des vivants, l'interrompit Esteban. Personne n'est forcé de bosser, et les robots sont à nos petits soins.

— … et, vu qu'on est déjà mort, rien ne peut plus nous arriver.

— Mais chez moi aussi, grâce à la médecine, on ne meurt plus. »

Le squelette le dévisagea et pencha la tête, amusé.

« Enfin, presque », se corrigea Esteban d'un air malheureux.

Son compagnon hocha le crâne, compatissant. Sa bouche s'ouvrit pour parler, mais il n'en sortit qu'un éclair aveuglant.

Un flash de lumière. Esteban tressaillit, perdit l'équilibre et bascula sur le dos. Une douleur aiguë lui brûla le cou, et le goût écœurant de l'alcool lui noya la gorge. Le faisceau lumineux s'écarta, révélant l'œil noir et la carlingue rouge et blanche d'un drone médical. Esteban essaya de bouger, mais son corps demeura immobile. Un bras mécanique se replia devant lui, une longue aiguille au bout. Quelques gouttes du liquide tout juste injecté en perlaient encore. Un autre appendice se rapprocha, serrant dans sa pince une lampe-torche. Il en dirigea à nouveau la lumière vers son œil droit, puis le gauche. Esteban voulut s'écarter, se tordit le cou, ferma les paupières.

Et les rouvrit sur le pourpre du ciel et l'or des cités précolombiennes. Il était de nouveau debout, et le squelette à ses côtés n'était plus seul. Une femme l'accompagnait, svelte, toute en os sous son suaire, son voile de sainte et sa couronne de fleurs.

Esteban la reconnut, le souffle coupé. Les tombes étaient littéralement recouvertes de son effigie. La Santa Muerte.

«Alors, l'accueillit-elle d'une voix glaciale, on me dit que tu n'envies guère ton sort ?»

La question le prit au dépourvu. Pourquoi lui demandait-elle ça ? Lui donnait-on l'occasion d'argumenter ? Avait-il une chance de s'en tirer ? Au pire, que risquait-il à s'y essayer, puisqu'il était censé être mort ?

Il chercha un instant ses mots, ne sachant pas comment s'adresser à la sainte.

«Non, je ne l'envie pas, reconnut-il enfin. C'est bien trop tôt, j'ai encore tant de choses à vivre !»

La Santa Muerte s'indigna. Elle croisa les bras, mécontente.

«Alors écoute, *niño*, je vais te la faire simple. Avec vos corps améliorés, vos organes artificiels et toutes vos machines, j'ai de moins en moins d'arrivants ici. Hors de question que je te relâche maintenant que je t'ai.»

Elle détourna le regard, comme si elle allait le laisser là et mettre fin à la discussion. Esteban avait beau ne pas être croyant, il estima qu'il était peut-être temps de prier. Il se jeta à genoux devant la sainte et joignit les mains.

«Pitié, *Santísima*, je vous en conjure. C'est une mort trop stupide pour moi. Je ne peux pas m'en aller après un bête accident d'ivrogne !

— La vie est ainsi faite, petit : des fois, on a ce qu'on mérite, des fois, non. T'en fais pas, c'est derrière toi, tout ça, maintenant.

— Mais je suis sûr que vous avez le pouvoir de changer ça, non ? Un robot est en train de soigner mon corps, vous pouvez faire en sorte qu'il y arrive, j'en suis sûr.»

La Santa Muerte ne répondit pas et laissa un long silence s'étirer entre eux. Elle le jaugea de ses orbites vides, puis fit claquer plusieurs fois une langue invisible derrière ses dents, indécise.

«Soit, concéda-t-elle, je veux bien t'aider, mais à condition que j'y gagne quelque chose. Je te propose donc un marché. Je connais un vieillard qui aurait dû nous rejoindre depuis des lustres – disons que son nom est bien avant le tien sur ma liste. Je te donne cinq jours pour me l'amener de son plein gré. Si tu y arrives, il prendra ta place ici. Sinon… eh bien, considère simplement cette rencontre comme un avant-goût. »

La sainte se pencha vers lui et tendit une main ouverte. Esteban soupira, soulagé, le marcel collé de sueur dans le dos. C'était sans doute le mieux qu'il pouvait obtenir. Toujours à genoux, il leva le bras et serra les doigts squelettiques dans un cliquetis sec.

La Santa Muerte s'effaça et emporta le monde des morts dans l'ombre de son suaire. Le drone secouriste vrombissait à sa place.

«Opération médicale terminée, señor De la Cruz, commenta le robot de sa voix aseptisée. Les sondes injectées ont déjà soigné 97 % de vos lésions. Vous devriez connaître quelques vertiges d'ici à ce que leur travail soit achevé, dans la journée de demain. Votre organisme les évacuera alors par voie naturelle. »

Un bras mécanique se déplia et déposa une boîte de cachets blanche aux pieds d'Esteban. Après quoi le robot reprit son monologue.

«Si des douleurs se présentent lors de vos mictions, n'hésitez pas à prendre un comprimé avec un verre d'eau. Enfin, si vous souhaitez traiter le problème de vos comportements à risque, nous vous recommandons de consulter le service de psychologie de votre choix dans les plus brefs délais. Bonne soirée. »

Le drone se maintint en vol stationnaire quelques secondes, dans l'attente d'une éventuelle question, puis prit de l'altitude et retourna à sa ronde dans le ciel nocturne.

Esteban se releva en douceur, avec les membres faibles et une migraine qui pulsait sous ses tempes. Il se frotta le crâne où ne subsistait qu'une simple bosse peu douloureuse au toucher, rien qu'un bandana ne pouvait cacher.

Son regard s'attarda sur la ville. Le ciel était redevenu noir par-dessus l'horizon, et les éclairages au sodium quadrillaient de nouveau les blocs des immeubles gris et silencieux. Avait-il rêvé ? Les hallucinations avaient-elles été le produit de l'alcool, de la commotion, du traitement médical, ou peut-être des trois ?

Encore perdu dans ses pensées, il se pencha pour ramasser les médicaments et s'aperçut que sa main était demeurée crispée. Ses doigts raides se déplièrent un à un, et révélèrent un vieux bout de papier jauni, froissé dans sa paume moite. À l'encre noire, on y avait dessiné un crâne aux yeux fleuris par-dessus une belle calligraphie à la plume. La première ligne se résumait à un nom : Fernando Vela. Le reste ne pouvait être que l'adresse de cet homme à México.

Sa gorge se serra quand Esteban voulut déglutir. Son regard ne parvenait plus à se détacher des yeux en fleurs du crâne peint sur le billet.

Mierda. J'ai cinq jours pour convaincre ce type de mourir.

*

«Alors comme ça, vous avez emménagé dans le bloc voisin ?»

La Santa Muerte avait raison. Cela faisait des lustres que Fernando Vela aurait dû partir. Il se contentait probablement des progrès les plus élémentaires de la chirurgie, les plus vitaux : plus que centenaire, le dos voûté, la peau parcheminée, avec d'épaisses lunettes pesant sur son nez, il ne ressemblait à rien des perfections génétiques que l'on croisait en permanence sur l'anneau orbital ou dans les colonies martiennes. Sans doute un des survivants de la vieille génération des réfractaires aux changements et à la modernité.

Esteban, sans grand talent pour mentir, se contenta d'un hochement de tête affirmatif, tandis qu'il s'asseyait sur le divan de cuir élimé que lui avait indiqué son hôte. Celui-ci avait à peine pivoté son fauteuil pour lui faire face, la tête encore tournée vers l'écran holographique géant qui occupait le fond du salon.

Esteban décapsula la cerveza qui l'attendait sur la table basse et changea de sujet.

« Mais vous-même, vous avec toujours vécu ici ?

— Oooh oui. J'ai mes petites habitudes, vous savez. J'ai bien amélioré l'air conditionné et le chauffage, acheté l'holo pour remplacer mon ancienne télé 2D, mais cet appartement n'a pas bougé depuis que j'y ai emménagé, avant l'*Éxtasis*. »

La bière glissa d'entre les doigts d'Esteban. Il la rattrapa de justesse, puis essuya machinalement la mousse qui s'était échappée du goulot. Ses yeux écarquillés ne se détachèrent plus du vieillard. *Avant l'Éxtasis ?* Ce type n'était pas que centenaire. Il avait connu l'époque où l'on devait travailler pour survivre, où l'on n'avait d'autre horizon que celui de la Terre, et où l'on mourrait toujours n'importe quand, n'importe comment, sans le désirer. La Santa

Muerte devait l'attendre depuis vraiment, vraiment longtemps.

Fernando remarqua l'étonnement de son invité avec un sourire amusé.

« Vous me prendrez peut-être pour un fou, jeune homme, mais quand j'ai acheté cet appartement, México était une des villes les plus peuplées du monde. Rien qu'entre ces quatre murs, je vivais avec ma femme, mes quatre enfants, et mes beaux-parents. »

Esteban laissa vagabonder son regard vers les cloisons aux peintures défraîchies et essaya de visualiser huit personnes vivre ici. L'exercice dépassait son imagination, même avec l'aide des portraits qui décoraient les murs et les guéridons, ornés pour les uns de fleurs factices, pour les autres de crucifix en bronze.

« Vous ne vous ennuyez pas, du coup, tout seul ici ? Le temps doit vous paraître long, j'imagine. »

Le vieux fit signe que non.

« Je ne vois pas pourquoi. J'aurais pu aller voir Jupiter, mes enfants m'en envoient souvent des cartes postales, mais je trouve ça surfait. Quant à ma femme, nous nous reverrons quand l'heure sera venue. D'ici là, mon plus grand plaisir, je l'ai ici, devant moi, tous les jours. »

Fernando désigna la borne holographique. Esteban se tourna vers ce qui attirait tant l'attention du vieillard depuis qu'ils discutaient. Dans l'écran, deux robots massifs s'affrontaient sur un ring, leurs carlingues habillées de lycra fluo et décorées de flammes.

« La Lucha Libre Robótica ! s'extasia Fernando, la fièvre dans les yeux. Je n'en manque aucun match depuis quarante ans, encore moins quand Mático est sur le ring ! Je crois bien que j'en mourrais, si je devais louper une journée. »

Esteban acquiesça d'une moue silencieuse, le regard perdu vers le spectacle qui se découpait dans le coin du salon. Le fameux Mático, un robot de bien trois mètres de haut, avec d'énormes clés à molette en guise de mains et un énorme engrenage rétro peinturluré sur le front de son masque, s'apprêtait à plonger en un marteau-pilon tournoyant sur son adversaire. Fernando sautilla de joie dans son fauteuil quand le podium trembla sous le choc avec un vacarme de métal.

Esteban soupira. Ses pieds raclèrent une à une les marches dans la cage d'escalier alors qu'il quittait l'appartement de Fernando, les épaules basses et la mine sombre. Il était venu voir le vieil homme sans aucun plan, avec l'espoir de savoir quoi faire après l'avoir rencontré. C'était peine perdue. Le retraité était trop routinier, trop inscrit dans ses petites habitudes pour offrir un angle d'attaque quelconque. Esteban repensa aux murs usés, au cuir élimé du canapé, aux bières bon marché de Fernando. Tout était si banal.

Son pied faillit manquer la marche suivante quand il se souvint des dernières paroles du vieil homme. Ses yeux s'illuminèrent soudain, une ébauche d'idée enfin en tête : peut-être que ça devait justement être cette routine implacable, son angle d'attaque.

Il ne s'arrêta pas de descendre une fois le rez-de-chaussée atteint, et continua vers le sous-sol. Entre les couloirs de béton vides et les caves privatives abandonnées, le local technique ne fut pas difficile à trouver. Le boîtier de raccordement de l'holomedia non plus, encastré dans les plaques d'aggloméré avec son acier peint de jaune fluo. Esteban détacha son bandana, l'enroula autour de sa main et attrapa une clé anglaise qui semblait n'attendre que lui. Il écarta le couvercle du caisson, prit une grande inspiration, et martela tout ce qu'il put y trouver. Les câbles sautèrent, les condensateurs fondirent, des étincelles grésillèrent sur son marcel dans une odeur d'ozone et de cramé.

Il jeta la clé à ses pieds, le souffle court, les tempes trempées de sueur. Le boîtier ressemblait désormais à un amas de métal fondu où se noyait l'électronique brisée. Même les drones allaient mettre du temps à remplacer tout ça : une tâche non vitale, non prioritaire, et des dégâts qui ne devaient pas être courants. Il pouvait bien espérer quelques jours d'interruption totale.

Esteban rattacha son bandeau avec un sourire confiant. Fernando allait devoir se passer de lucha libre.

*

Trois jours. Esteban avait laissé trois jours à Fernando Vela avant de lui rendre à nouveau visite. Trois jours à saboter tous les petits services automatisés dont le vieillard bénéficiait. Il avait déréglé sa clim, inondé de commandes les services du quartier pour retarder les allées et venues des drones de livraison, et il s'était même introduit dans l'appartement du dessus, inoccupé, pour y causer plusieurs fuites d'eau.

Il avait aussi tenté de se renseigner sur la famille de Fernando, en vain. S'il avait pu obtenir des informations sur ses aïeuls, sur les relations qu'il avait entretenues avec, peut-être qu'il aurait pu le convaincre plus facilement d'aller les rejoindre. Hélas, les registres civils demeuraient hors de sa portée, et il n'avait pas le pouvoir de parler aux morts comme la

Santa Muerte. Il fallait donc se contenter de ruiner la routine de Fernando, et espérer que cela suffise.

Esteban traversa la rue en face de l'immeuble. Il trouva Fernando dans le petit parc au pied du bloc, assis sur un banc à l'ombre. *L'holo et la clim ne sont donc pas réparés*, pensa-t-il, ravi. Le vieillard s'agitait, même : ses mains tremblaient, ses pieds frappaient le sol en petits coups nerveux. *Au bord de la crise de nerfs, mûr pour me faire gagner le défi.*

Fernando leva la tête. Il le remarqua et lui adressa un grand sourire éclatant, les yeux pétillants d'excitation. Esteban trébucha puis se reprit. Il paraissait encore plus heureux que la première fois qu'il l'avait rencontré.

« Oh, señor De la Cruz ! Vous ne devinerez jamais ce qu'il m'est arrivé ! »

Esteban déglutit avec inquiétude et leva les mains au ciel, signe que non, hélas, il ne devinerait jamais.

« Je suis bêtement contraint de prendre l'air : ma clim me joue des tours, et de toute façon, l'installation holo de l'immeuble a sauté. Les drones m'ont dit qu'ils ne pourraient pas réparer tout ça avant une semaine. »

Le vieux s'interrompit pour reprendre sa respiration, laissant Esteban fébrile, dans l'attente.

« Je leur ai alors expliqué mon problème, et l'IA de la compagnie a tenu à faire un geste : elle m'offre le voyage, tous frais payés, pour l'Arena LLR de Guadalajara. Vous vous rendez compte ? En plus, Mático y combat en ce moment même. Ça ne pourra qu'être mieux qu'en holo ! »

Esteban se rendait compte. Il se rendait parfaitement compte. Il murmura quelques vagues mots d'approbation, étranglés par sa gorge trop serrée. Il lui fallait soudain s'asseoir, mais le seul banc à portée était celui qu'occupait Fernando.

« Moi qui ne quittais jamais le quartier, bien installé dans ma petite routine, continuait Fernando, aux anges. Sans ce malheureux incident, je n'y aurais peut-être jamais songé. C'est merveilleux, n'est-ce pas ? »

Esteban avait besoin d'une bière. Il bafouilla un au revoir et s'en alla, sans prendre la peine de faire semblant d'habiter le bloc voisin.

*

Esteban jeta la capsule de bière sur la dernière toile tridi qu'il avait peinte, encore sur son chevalet numérique. Une vue impressionniste des colonies en orbite de Jupiter, avec les lunes de la géante pour ligne d'horizon. Une des œuvres que lui avait inspirées son voyage dans le système solaire. Fernando avait raison, d'ailleurs : Jupiter était plutôt surfait. Surfait, mais probablement inaccessible depuis le monde des morts.

Il se laissa tomber sur sa chaise, les coudes sur la table nue, la tête entre les mains. Son affaire n'avançait guère. Il avait même fait pire que mieux.

« Allons, petit, tu pensais sérieusement réussir avec si peu ? »

Il redressa la tête à cette voix d'outre-tombe. La Santa Muerte se tenait dans l'encadrement qui menait à la cuisine. Elle avait troqué son suaire cérémoniel pour une robe estivale où se mêlaient fleurs et calaveras. Un large chapeau mou couronnait son crâne blanchi.

« Jeter du gravier dans ses chaussures, vraiment ? »

Les yeux d'Esteban allèrent de l'apparition à sa bière, puis de sa bière à l'apparition. Il attrapa le pack et vérifia que la languette de sécurité était toujours intacte. Elle l'était. Il n'hallucinait donc pas.

« Il va falloir passer à la vitesse supérieure si tu veux gagner ta vie, tu sais », s'amusa-t-elle alors qu'elle s'asseyait en face de lui.

Esteban ne répondit pas. Il prit le temps de réfléchir : il y avait bien eu une autre idée, mais il lui fallait l'aide de la *Santísima*. Après tout, il ne coûtait rien de demander.

« Je veux bien, mais j'aurais besoin de vous, alors. S'il vous plaît ? »

La Sainte Mort croisa les bras en reculant contre son dossier, le crâne penché d'un air goguenard.

« Ah oui ? Dis toujours, j'aviserai. »

Esteban inspira et se lança.

« Je crois que je pourrais convaincre Vela de vous rejoindre s'il comprenait vraiment qu'il y retrouverait les siens. Sa femme, ses vieux amis, tout ça. Vous pouvez aller les trouver dans l'autre monde, non ? Demandez-leur de lui écrire des lettres ou quelque chose du genre, pour le faire réagir. »

La sainte considéra la proposition. Ses doigts squelettiques tapotèrent en rythme contre son humérus, jouant avec les nerfs d'Esteban.

« Ce n'est pas très orthodoxe, mais après tout, pourquoi pas ? Ça relancerait notre petit jeu, que je trouve pour le moment un peu mollasson. Par contre, que me proposes-tu en échange de mon aide ? »

Esteban ouvrit la bouche, mais rien n'en sortit. Il n'avait pas prévu d'acheter ce service. Pris au dépourvu, ses yeux parcoururent à toute vitesse la pièce autour de lui. *Une toile ?* Le monde des morts qu'il avait entr'aperçu était bien plus beau, coloré et éclatant que tout ce qu'il pouvait peindre. *De l'argent ?* Qu'en ferait-elle dans l'autre monde ? *Une faveur ?* Il se méfiait de l'esprit retors de la sainte.

La Santa Muerte se pencha par-dessus la table et le dévisagea de ses orbites vides, impatiente. Il fallait trouver quelque chose, tout de suite. Esteban saisit le goulot d'une des bouteilles qui dépassait du pack de bières et la lui tendit. Après tout, on offrait bien du pain des morts pour le *Día de muertos*, alors pourquoi pas une bière?

Il s'immobilisa, la respiration suspendue, la cerveza au bout de sa main moite. La sainte le détailla pendant une seconde interminable, puis attrapa la bouteille dans un grand rire.

« Marché conclu, petit ! »

Elle décapsula sa bière avec les dents, la vida il ne savait comment d'une grande lampée, puis se leva pour filer vers la cuisine. Il y eut le bruit d'une porte qu'on ouvre, la lumière vacilla, et Esteban se sentit soudain seul dans l'appartement. Une longue minute s'écoula dans le silence, à peine dérangé par le vrombissement de l'air conditionné, puis une porte claqua de nouveau, la lumière dans la cuisine changea, et la Santa Muerte réapparut, une liasse de papiers entre les mains.

Elle la jeta sur la table, et Esteban en défit le ruban aussi vite que ses doigts le permirent. Il y avait là des cartes postales figurant des pyramides aztèques fleuries, des photos de famille qu'aucune balance des blancs n'aurait pu réchauffer, des vignettes dédicacées de mariachis squelettiques, des longues lettres à l'écriture manuscrite plus que désuète.

« Oh merci, *Santísima* ! Avec ça, je devrais pouvoir le convaincre à coup sûr ! »

Esteban releva la tête, mais la Sainte Mort était déjà partie. Il ne restait de son passage qu'une bouteille vidée jusqu'à la dernière goutte.

*

La porte de l'immeuble de Fernando refusait de s'ouvrir. Esteban tourna en rond sous le porche désert, puis remarqua la note épinglée sur la boîte aux lettres anachronique au nom de señor Vela.

Il la dégrafa et en lut le contenu d'une traite.

¡Dios mío! s'étouffa-t-il. Fernando était déjà parti à Guadalajara. Et il ne restait qu'à peine deux jours pour le convaincre de prendre sa place.

Il jeta la note et soupesa les lettres qu'il serrait entre ses doigts. Ça serait donc son ultime chance, mais ça ne pouvait que marcher, il en était certain.

*

L'Arena de LLR était gigantesque. Ses tribunes, à moitié remplies, comptaient pourtant des milliers de spectateurs. Esteban avait choisi un siège au fond, dans un calme tout relatif. À chaque nouveau combat, les vivats assourdissants roulaient par-dessus sa tête et se fracassaient derrière lui, contre l'acier de la structure. Il aurait pu savourer le spectacle s'il n'avait pas eu un vieillard à retrouver à tout prix.

Jamais il ne s'était attendu à trouver autant de monde : des Orbitaux, des Martiens, et même des Jupitériens assistaient aux matchs. Malgré des efforts continus, il avait perdu la première journée à chercher Vela dans les gradins, sans succès. Cette journée-ci, peut-être sa toute dernière, s'annonçait identique. Les combats sur le ring se succédaient entre les huées et les hourras, les tribunes tremblaient sous les olas endiablées, mais nulle trace du vieil homme.

Un frisson d'adrénaline le secoua quand il reconnut le robot qui venait de monter dans l'arène : Mático, le favori de Fernando. Ce dernier devait donc être présent, c'était certain.

Esteban poussa un soupir chevrotant quand il l'aperçut enfin, près du ring, regagnant tranquillement sa place, en bas d'une des allées. Il bondit de son siège, bouscula les autres spectateurs et dévala les marches, n'osant plus quitter Fernando du regard. Peut-être risquait-il de se rompre le cou à courir ainsi, mais ça ne changeait pas grand-chose : s'il ne parvenait pas à convaincre Fernando que la mort était sa meilleure option, il pouvait tout aussi bien se jeter sur le ring entre les deux luchadores robotiques.

« Señor Vela ! Señor Vela ! »

Fernando se retourna. Il fronça les sourcils, et mit plusieurs secondes à reconnaître son supposé voisin, trop étonné de le voir ici.

« Señor De la Cruz, vous ici ? Vous ne m'aviez jamais avoué être fan de Lucha Libre Robótica ! Vous l'auriez dit, nous serions venus ensemble.

— Je… non, pas vraiment », marmonna Esteban.

Il ne parvint pas à poursuivre sa phrase sous le regard interrogateur du vieil homme. Esteban balbutia, incapable de reprendre son souffle, les poumons en feu.

« Je suis venu pour vous remettre ceci, réussit-il enfin à articuler. Tenez, lisez. »

Il avait travaillé tout un discours pour préparer Fernando à ce qu'il allait lire. Lui expliquer ce qu'était la mort. Ce qu'était le monde des morts. Bref, faire en sorte qu'il y ait le plus de chances possible qu'il cède. Mais les mots s'étaient englués entre ses dents, ils s'étaient éteints en même temps que son souffle après avoir couru à travers les gradins. Désormais, Esteban espérait que les lettres parleraient d'elles-mêmes.

Fernando rajusta ses épaisses lunettes. Son front se rida aux décors surréalistes de squelettes en vacances, se la coulant douce sous un ciel mauve. Esteban se mordit la joue quand le vieil homme retourna les premières cartes pour lire les messages inscrits au dos. Ses mains s'ouvraient et se fermaient sur le vide. Son regard allait des doigts tremblants du vieillard à son visage blême. Les lèvres de Fernando remuèrent doucement, tandis qu'il murmurait en silence les témoignages de ses ancêtres. La lumière des projecteurs accrocha quelques larmes qui brillèrent derrière ses verres.

Le vieillard renifla. Puis jeta les cartes au sol comme de vulgaires papiers gras. Ses lèvres ridées grimacèrent une moue colérique alors qu'il menaçait Esteban du poing.

« Je ne sais pas à quoi vous jouez, mais cela ne m'amuse pas. Cela ne m'amuse pas du tout. Maintenant, laissez-moi tranquille, et allez-vous-en ! »

Sans un mot de plus, il lui tourna le dos et finit de descendre les tribunes pour gagner sa place. Esteban demeura là, seul, les jambes vacillantes, la tête creuse de vertiges. Il ne voyait plus vraiment les spectateurs ou le ring. Les larmes lui brouillaient le regard.

Dans le vacarme de son cœur cognant et de la foule en furie, il se laissa tomber à genoux et ramassa les cartes postales. Il les prit une à une, jusqu'à la dernière, et les rangea dans sa poche. Il se releva ensuite, mollement, et descendit les marches de l'allée tel un pantin.

Je dois trouver une solution, se répétait-il. *Je dois trouver une solution, et vite. Il ne me reste plus beaucoup de temps.*

Ses yeux se posèrent sur Fernando, un peu plus bas. Il avait une place privilégiée, au tout premier rang, juste au bord du passage.

Une dernière idée lui vint.

Pas d'autre choix si je veux survivre.

Mático projeta l'autre luchador hors du ring. Sa lourde carlingue frôla les spectateurs, avant qu'il ne se relève d'un bond et ne retourne au combat.

Sans ça, je devrai dire adieu à ce monde. Dès ce soir.

Esteban s'arrêta derrière Fernando. Le robot n'avait eu que le temps de saisir une corde avant d'être éjecté à nouveau, aux pieds du vieillard cette fois. Les tribunes grondèrent sous les battements frénétiques du public. Tous attendaient l'attaque de Mático, perché sur la troisième corde, prêt à asséner une plongée du coude dévastatrice.

C'est maintenant. Ou jamais.

Le luchador s'éleva dans les airs.

Esteban tendit le bras, main en avant. Jamais les drones médicaux ne pourraient sauver Fernando d'un tel massacre.

Le robot éclipsa les projecteurs, plongeant le vieil homme dans son ombre. Mático s'effondra sur son adversaire dans un fracas de métal à l'agonie. Le béton trembla sous leurs pieds. Mille vivats accompagnèrent les étincelles qui jaillirent de la carcasse écrabouillée du vaincu.

Esteban n'entendit rien. Il contempla sa main, arrêtée à un centimètre du dos de Vela.

Non, soupira-t-il en fermant enfin les yeux, *je ne peux pas sauver ma vie comme ça.*

*

Les projecteurs éteints, ne demeuraient plus que quelques veilleuses de sécurité pour illuminer encore le ring et les tribunes. La foule était partie, Fernando avec elle, abandonnant là Esteban, affaissé sur un siège au second rang. Seul, les épaules voûtées, les coudes sur les genoux.

Il savait que le décompte touchait à sa fin, mais il n'avait plus aucun plan. Sa main plongea dans sa poche et en sortit le papier jauni où était inscrite l'adresse de señor Vela. Inutile désormais. Il le déchira, et éparpilla les morceaux à ses pieds en tristes confettis.

Sa poche contenait aussi les cartes postales que la Santa Muerte lui avait rapportées. Esteban se laissa retomber contre le dossier du siège et les parcourut, une à une. Qu'avait-il de mieux à faire maintenant, sinon tuer ses dernières minutes ?

Le père de Fernando qui lui demande s'il se rappelle leurs nuits passées à regarder les étoiles, quand ils campaient dans les cordillères. Sa mère qui lui dit combien il aimerait le climat chez les morts, à condition de ne rien avoir contre les ciels violets. Un de ses enfants, qu'un chauffard a apparemment figé dans ses dix ans, qui souhaiterait une piñata pour son prochain anniversaire. Et des générations entières d'oncles, de tantes, de cousins et d'aïeuls. Une famille littéralement infinie qui l'attendait.

Esteban se fendit d'un sourire mélancolique. Fernando devait être fou, pour renoncer à ce trésor et lui préférer ses matchs de lucha libre.

Son regard brumeux s'éternisa sur une photo de bouquet de fleurs, où les pétales prenaient des allures de calaveras multicolores. Les souvenirs de ses propres parents lui revinrent, estompés, comme délavés par trop d'années pour pouvoir encore les compter.

Et lui, pourquoi refusait-il tout ça ?

La cloche du ring sonna.

Esteban leva les yeux. La Santa Muerte était accoudée aux cordes, en débardeur moulant et jupe plissée écarlate. Il se demanda comment il était possible qu'un squelette possède des courbes aussi féminines, sinon sensuelles.

« L'heure est venue de perdre à notre petit jeu. »

Esteban hésita puis secoua la tête.

« Non… non, je ne pense pas. »

Il eut l'impression que la sainte haussait un sourcil interrogateur.

« Je veux dire, oui, j'ai échoué, mais je crois ne rien perdre au final. Ce défi était de toute façon illusoire : la vie sur Terre est devenue trop facile, trop agréable. Il est impossible de convaincre quelqu'un d'y renoncer s'il ne le désire pas.

— Et tu dis pourtant ne rien perdre, alors que tu vas toi-même devoir abandonner tout ça ? »

Esteban agita les cartes postales dans sa main.

« Oh, bien sûr, je vais devoir renoncer à ma vie tranquille. J'avoue avoir toujours adoré ma petite solitude paisible, mais il est peut-être temps de passer à autre chose. Peut-être qu'il est temps pour moi de retrouver ma famille et mes vieux amis. J'ai déjà eu le temps de contempler tous les horizons du système solaire, il est sans doute temps d'aller en voir d'autres. Ça ne doit pas être si mal que ça, après tout. »

Le sourire de la Santa Muerte parut s'élargir sur son crâne, quand bien même c'était impossible. Elle claqua des mains d'un air ravi.

« Tu vois, ce n'était pas si compliqué que ça. »

Elle se faufila entre les cordes et descendit du ring. Sans un mot de plus, comme si elle offrait à Esteban le temps de comprendre.

« Vous voulez dire que tout ça était fait exprès ? hésita-t-il. Vous saviez que je ne pouvais pas gagner, vous vouliez juste me faire… réfléchir ? »

La Santa Muerte ne répondit pas de suite. Elle s'installa à ses côtés, tout sourire, puis tira de l'ombre deux bières et lui en tendit une. Esteban n'avait pas de raison de refuser, aussi il la saisit d'une main faite d'os. Il contempla avec calme ses propres carpes et métacarpes quelques secondes, puis son regard remonta radius, cubitus, humérus. Sans aucun dégoût. Sans aucune peur. Il tâta son crâne plus que dégarni de la pointe de son index, enfonça sa phalange dans son orbite creuse, sans douleur. C'était donc fini.

Il s'étonna de son ultime souffle, un simple soupir de soulagement. Comme s'il connaissait enfin le terme d'une lutte trop longue et trop épuisante.

Autour d'eux, les lumières se rallumèrent, non plus blanches mais de toutes les couleurs. Peu à peu, une foule squelettique, bigarrée et festive descendit les corridors et vint se masser dans les tribunes.

La sainte siffla une gorgée de bière et passa le bras derrière son dossier, nonchalante.

« Ce n'est plus l'époque des grandes hécatombes, expliqua-t-elle enfin. À cause de votre médecine moderne, les gens ne meurent presque plus. Alors, quand un nouveau arrive, on l'accompagne, on le gâte, comme si c'était un événement exceptionnel. On s'occupe de lui comme s'il était le seul à passer de vie à trépas. »

Esteban acquiesça en silence. Il devait reconnaître que sa défaite n'était guère amère. Son regard, curieux, accrocha les deux énormes silhouettes qui se faufilaient sur le ring, seul carré encore plongé dans le noir.

La Santa Muerte lui donna un petit coup de coude.

« Ça, ou alors c'est juste que l'éternité m'ennuie, et que j'ai besoin de m'amuser à vos dépens pour passer le temps. Qui sait ? »

Esteban était persuadé qu'elle venait de lui adresser un clin d'œil, mais il n'eut pas le temps de se demander comment. Les projecteurs se braquèrent vers le ring, où les deux luchadores se tournaient déjà autour. Sous leur lycra fluo, les squelettes auraient pu appartenir à des gorilles si leurs os n'avaient pas été en chrome.

Esteban sirota sa bière. Il poserait ses questions plus tard. Il ne voulait pas perdre une seconde de son premier match de lucha libre robótica esquelética.

Xavier Portebois

Xavier a beau avoir voyagé un peu, il s'est vite rendu à l'évidence que la réalité n'était que fâcheusement trop réelle, que les étoiles restaient désespérément hors de portée, et que la science-fiction s'obstinait à ne rester que de la fiction. Aussi, il préfère depuis vagabonder le plus souvent possible vers d'autres mondes, de ceux où l'on trouve des robots déviants, des I.A. un peu trop conscientes, et des humains qui se transcendent tout azimut.

Du même auteur

Allégeance, Nouveau Monde n°6 (2014)
Pyrolepsie, Gandahar n°1 (2014)
Comme le sable dans le vent, Anthologie « Robots »,
éditions La Madolière (2014)
Sous l'éternel ciel bleu, Anthologie « Éclipse »,
Les Auteurs underground (2014)
Les enfants d'Avalon, Pénombres n°6 (2014)
Les fleurs oubliées, Gandahar n°3 (2015)
Qu'un pas de plus, Piments et Muscade n°23 (2015)
Quelques perles de trop, les 24h de la nouvelle (2015)
Caver Den, éditions Voy'[el] (2015)
Monologue, AOC n°40 (2016)
Le silence de Shiva, Anthologie « Avenirs radieux »,
éditions Rivière Blanche (2016)
Robô, Anthologie « Mort »,
éditions des Artistes Fous Associés, (2016)
Mémoires mortes, Anthologie « Quantpunk »,
Realities Inc. (2016)
Le sang et l'acier, Anthologie « Réalités volume 1 »,
Realities Inc. (2017)
Eko, Walrus (2017)

Blog
Un mot après l'autre
http://blog.xportebois.fr/

www.ingramcontent.com/pod-product-compliance
Lightning Source LLC
Chambersburg PA
CBHW051421130726
47989CB00007B/3019